曾心 著·呂進 點評

玩詩，
玩小詩
——曾心小詩點評

尋覓生活中
零散的星星

一個個吞進肚子
連夢帶血
嘔成
有規則有情感而成行的星星

寓萬於一，以一馭萬

小詩是漢語新詩的重要品種。

1919年到1922年，冰心、周作人、康白情、汪靜之、雪峰、宗白華他們掀起小詩的第一波。冰心的《繁星》和《春水》奠定了小詩在新詩發展史上的地位。朱自清說：「到處作者甚眾。」

初期的新詩主要是在從西方詩歌尋求出路，小詩開闢了向東方詩歌借鑒、向唐詩的絕句小令繼承的新路。道路越多，詩歌就越繁榮。

上個世紀八十年代，小詩再掀高潮。這既是對冰心他們遺產的珍視，也是對新詩冗繁風氣的反撥，和外國詩歌的關係不大。那個時代，除了流行的三五行、七八行的以外，有的小詩小到甚至只有一行：

少女心愛的鏡子，把少女弄丟了。（方鳴）

碑上的字都能經住歷史的風雨嗎？（紀鵬）

青蛙！一年又一年，你就總重複著一個調子的歌麼？（孫立潔）

這些小詩，審美價值可不小，詩學價值可不小，輾轉模仿的人群可不小。今天的中國，小詩也在繼續活躍。

近年在泰華文壇上小詩也開始露頭。

最先是台灣詩人林煥彰在他主編的《世界日報‧湄南河副刊》推出刊頭詩；篇幅在六行以內的刊頭詩，其實就是小詩。經過幾年的跋涉，2006年，嶺南人、曾心、今石、楊玲、苦覺、藍焰，再加上台灣的林煥彰，在曼谷7+1組成「小詩磨坊」，泰華小詩詩人就吹響集結號了。

詩磨不停，詩香遍地。

正是在這樣的語境下出現了曾心，他的《涼亭》是泰華文壇的第一部小詩集。

曾心的小詩寫社會，寫大自然，寫愛，寫同情。在他的筆下，小詩不小，真是「一花一世界，一葉一佛來」。讀讀〈卵石〉：

> 本來有稜有角
> 被歲月磨成
> 滑滑圓圓
> 無論走到哪兒
> 只是一個「0」

說卵石沒稜沒角，這樣的詩句好像是常見的。但是圓滑的卵石只是一個0，就是曾心的發現了。對現實的形象把握，對人生的情感評價，對世界的詩意裁判，盡在筆墨之外。

小詩有它的文體可能，也有它的文體局限。世界上沒有萬能的詩體。曾心的詩告訴我們，小詩的基本特徵是

它的瞬時性：瞬間的體驗，剎那的感悟，一時的景觀。給讀者一朵鮮花，讓讀者去領悟春天的喧鬧；給讀者一片落葉，讓讀者去悲嘆秋天的寂寞。瞬時性不是對小詩的生命的描述。瞬時性來自長期的情感儲備和審美經驗的積澱。「蚌病成珠」，優秀的小詩正是這樣的情緒的珍珠。

> 跳出母親的懷抱
> 追風逐雨
>
> 咯咯的笑聲
> 突然撞到山腳
> 碎了
> 灑下盡是淚

──〈浪花〉

恐怕沒有見過浪花的人絕無僅有吧！但是這樣看浪花的，只有曾心。好像是一時的景觀，但是又蘊涵了多少經歷，蘊涵了多少情感？這是屬於曾心的浪花。好的小詩是開放式存在，它在等待讀者的介入與創造。它在多義性、多感性、多時性裡獲得永無終結的美學效應。聰明的讀者會從有限的浪花裡領受無限，從瞬時的浪花裡妙悟永恆。

小詩是多路數的。有一路小詩長於淺吟低唱，但需避免脂粉氣；有一路小詩偏愛哲理意蘊，但需避免頭巾氣；還有一路小詩喜歡景物描繪，但需避免工匠氣。從詩人來

說，艾青是天才，以氣質勝；臧克家是地才，以苦吟勝；卞之琳是人才，以理趣勝；李金髮是鬼才，以奇思勝。

無論哪一路數，小詩都不好寫。或問，製作座鐘難，還是製作手表難？答曰：各有其難。但是製作手表更難，原因就是它比座鐘小。

因為小，所以小詩的天地全在篇章之外。工於字句，正是為了推掉字句。海欲寬，盡出之則不寬；山欲高，盡出之則不高。無論何種路數，小詩的精要處是：不著一字，盡得風流——

一

　　本來軟綿綿

　　熬煎後

　　赤裸裸

　　緊緊相抱

　　不管外界多熱鬧

　　此時，只有他倆

　　　　　　——〈油條〉

詩人在議人生，詩人在談愛情。他議了嗎？他談了嗎？他只給了我們一根最普通不過的油條啊！

曾心的小詩我覺得是偏於理的。他的許多給我留下深刻印象的作品，都有哲理。不管何種小詩，尤其是以理趣勝的小詩，切記要忌枯。

無象則枯。

詩之理是有詩趣之理，忌直，忌白，忌空，忌玄。小詩要與格言划出界限，要同謎語分清門庭。

春之精神寫不出，以花朵寫之。秋之精神寫不出，以落葉寫之。詩人要善於以「不說出」代替「說不出」，以象盡意。

曾心為讀者創造了多少意象！他的詩好讀，又耐讀。他的那些意象「寓萬於一」，又「以一馭萬」，很明白，但又飽含暗示，意象之外，有好開闊的天地啊！

本是心中一團火
要為人類事業燃燒

無奈受到壓制
使我一直處於
忍與爆之間

——〈火山〉

忍字是心上一把刀。這是火山，這不是火山。

自見到了天日
便一股勁兒往上長

等到滿頭皆白
始悟：

挺立遭風險
靈活「搖擺」的重要

————〈蘆葦〉

勢利是世人所鄙所恨。這是蘆葦，這不是蘆葦。

長大了
越來越看清楚
天空比不上土地
越老越把頭低下
——吻自己的根
吻養育的土地

————〈老柳〉

老，是成熟，是徹悟。這是老柳，這不是老柳。

由曾心的老柳，我想到了小詩詩人。說來奇怪，在中國，染指小詩的年輕人不太多見。小詩的詩人群往往年齡偏大，詩齡偏長。在海外好像也如此。林煥彰和我同年。通過信，相互關注，但我訪問過台灣三次，可以說幾乎認識所有台灣的知名詩人，居然至今與他沒有見面之緣。曾心長我一歲，所以我老稱他「詩兄」。

為什麼更多的老詩人傾心小詩？這是老詩人對漫漫人生路的領悟，這是老詩人對詩的「個中三昧」的領悟。所

謂「刪繁就簡三秋樹」，所謂「繁華之極，歸於平淡」。
「就簡」是詩藝的高端，「平淡」是人生的高端，所以，
小詩實在是高端藝術。

　　「代有偏勝」。在生活節奏大大加快的當代世界，小
詩將會引領新詩風騷嗎？無論在中國，還是在泰華，這也
許並不是癡人說夢吧？

呂　進

西南大學博士生導師

國家級有突出貢獻的專家

中國詩學研究中心主任

自傳小詩與點詩眼
━━━━━━━●《玩詩，玩小詩》自序

（一）

這本集子能出版，我首先想到一個「緣」字。

2007年10月19日，在中國韶關學院召開第二屆東南亞華文詩人筆會，我第一次見到敬重和心儀已久的呂進教授。那晚我與他同桌用餐，順便贈送他一本拙詩集《涼亭》。第二天早餐時，呂教授一見到我就說：「昨晚看完了《涼亭》，覺得寫得很不錯。」此話出自一位詩歌界權威之口，我頓覺全身熱呼呼，如充了電的感覺。閉幕時，呂進即席做了總結性的發言，講得非常精彩，傾倒了在座的幾百位聽眾。他的發言不僅征服了我，而且讓我萌生一個念頭：如能到西南大學聽他的課，是人生的一大福氣。

第三天到丹霞山采風，我見到白塔、毛翰、王珂等詩評家，在談論中，讓我大吃驚的是：他們都是呂進的學生，其中一個說：「哪裡有詩群，哪裡就有呂老師的學生。」從他們的表情看來，能當呂老師的學生是多麼驕傲和自豪。不知怎麼的，一時我忘記了自己的年齡，猛然又產生一個念頭：能當他的學生，該多幸福！於是我跟他的學生叫起「呂老師」來。

　　2008年10月在越南胡志明市舉辦「第三屆東南亞華文詩人大會」。之前，2月28日呂進老師來電郵說：「第三屆東南亞詩人大會來信，要我評論一位詩人，我說評曾心。」聽到這驚喜的消息，本來不想出席大會的我，立即改變初衷，決定赴會。可惜臨近開會，呂老師卻來電郵說：「已交了750元辦理簽證，預定了飛機票」，但有更重要的會議，「只好放棄，真遺憾」。我也很遺憾，但到了大會又叫我驚喜。他向大會提交的論文〈寓萬於一，以一馭萬——漫說曾心〉已收入《本土與母土——東南亞華文詩歌研究》論文集裡。呂老師寫得很獨到，故此特別懇求他同意做為這本書的「代序」。

　　「驚喜」過後，當冷靜時，我梳理了「心頭」存庫，覺得自己已近「古稀」，到西南大學聽課是不現實的，當「鬍子學生」更是如「夢」中事，不如寄幾首小詩請呂老師批改。於是我壯著膽子，用電子郵件傳去六首小詩。真沒想到，過了幾天，就收到呂老師的點評。我如獲至寶，馬上傳給泰華「小詩磨坊」的七位同仁看，他們都讚賞有加。後來我又傳去32首，呂老師又很快點評。此時，詩的慾望不止，我便產生了一個「念頭」：如能點評到一百首，出一本《呂進點評曾心小詩一百首》，多好啊。

　　這個「念頭」老是藏在心窩裡。今年4月份，我收到西南大學中國詩學研究中心、西南大學中國新詩研究所論壇主席呂進發來一份「第三屆華文詩學名家國際論壇預備邀請函」，我欣然答應參加，並把久積的「念頭」告訴他，又是傳來一個「驚喜」：「給你寫點評我是樂意

的。」於是我把收集在《涼亭》180首，加上近兩年來寫的154首小詩，全部傳給呂老師。不到半個月，他分兩批點評回來，並附了簡信，建議書名另取，且說：「國際詩壇你就小詩問題作大會發言。你的小詩成就是大的。至少我個人很佩服。要讓更多人了解你。」一時，我雖有些汗顏，但全身又是熱呼呼的，如獲得高性能的精神「電源」。

呂進是中國現代詩歌評論界的大家，中國當代主流詩體的扛大旗者。他的點評，我覺得最大的特點，就是「詩內談詩」、「詩中點詩」，言簡意賅，或片言隻語，或簡短數語，用詩般的語言，如「點穴法」，「點」醒了詩中的眼睛，給人以理論的啟示和美的享受。

在這本集子裡，收入呂進老師先後四次的點評，共159首，超出100首的初衷。其中有幾首是點評兩次，遵照呂老師「不妨都列出，這樣反而活躍些」的建議，便都列出來了。

（二）

中國著名詩人蔡其矯說：「寫作無論什麼形式，都帶有自傳的性質。」可能有的詩人不同意，認為寫詩「可以有翅膀飛上天空」（雨果語）。但我很同意。因為我覺得自己寫來寫去，總離不開一個「自我」。原生形態的「自我」不能當成藝術，藝術中的「自我」都是「人格自我提煉自我突破和自我淨化」。這個「自我」，有直接

的「我」，間接的「我」，無形的「我」，「出世」的「我」，夢中的「我」，甚至靈魂出竅的「我」。

我越來越堅信：「我」的心就是詩之心。「我」的靈魂就是詩的靈魂。

收在集子裡的小詩，有寫社會、寫大自然、寫情愛、寫生的渴望、寫人的心態、寫風花雪月、寫日常生活、寫念經坐禪等。這些東西，都是我「那雙腳留在地上」（雨果語）所踏及的現實，是充滿自我個性化的現實，感覺化的現實。我力圖將這些踏及的現實，借助聯想力的翅膀，飛入潛意識的天空，讓「現實」經過潛意識的過濾、感應、化合，使之升華為一種既有貼近「現實生活」的影子，又有自己探尋「生命深層意義」的想像和理念。禪詩，因純粹心靈感應，能產生空靈境界。而我的心靈還有「塵埃」，還擺脫不了佛家所說的「貪、瞋、癡、妄」諸念。因此，不能產生那種完全脫離「觀照人生」、「審視世界」、「不食煙火」的空靈境界。

我的學兄劉再復曾提出一個觀點：「作家在創作過程中，常常突破原來的設想。因為一旦進行創作，作家筆下的人物就有獨立活動的權利，這種人物將按照自己的性格邏輯和情感邏輯發展，作家常常不得不尊重他們的邏輯而改變自己的安排。」寫小詩，尤其是寫抒情六行以內的小詩，沒有人物的「獨立活動」，是否也常有「突破原來的設想」？我覺得一首小詩的形成，往往是在日常生活中，或由視覺、聽覺，或由觸覺、味覺、嗅覺等外在感官有所觸動。這種「瞬間」或「剎那」的「觸動」，會立刻「轉

向」「內在的感官」、「內在的眼睛」。因為最高的美不能靠肉眼而要靠心眼，要靠「收心內視」（普洛丁語）。只有從「外視」轉向「內視」，從停留在意識層次的「感覺」，進入到潛意識層的「感悟」，才能進入心靈世界精微的創設的審美境界。在這種用「心靈視點，精神視點」（呂進語）的運作中，往往出現三種微妙情況：一是按照原來捕捉的意象，憑「刹那的感悟」，產生「靈感的激流」，「靈感的爆發」，被繆思所俘虜，成了詩的奴隸，不經意地產生一首好的詩。二是按原來外在感官所捕捉到的意象，進入「內視」的運作後，隨著內在感官的認識，有更為複雜得多的美的徹悟，出現一個「突破原來的設想」的意境。三是在進入「內視」任意飛翔的狀態中，思詩出了「軌」，飛到另一個意象「星球」去，構成一首不是原來「意象」而是屬於另一種意境的詩。

<h2 style="text-align:center">（三）</h2>

「小詩的特徵是它的瞬時性：瞬間的體驗，刹那的感悟，一時的景觀」（呂進語）。這是一般小詩的特徵。但一首帶有濃厚的自傳性質的小詩，它並不像人的「十月懷胎，一朝分娩」。它的「瞬時性來自長期的情感儲備和審美經驗的積澱」（呂進語）。有的詩「懷胎期」很長，如我寫了一首練功「悟境」詩，僅僅六行，共20個字，卻「懷胎」了二十餘年，才在瞬間中「分娩」。

　　話要從1981年說起，當時中國掀起練氣功熱潮。究竟人體有沒有「氣」的存在，引起截然不同觀點的爭論。為了要親身探討體內是否有「氣」的存在，我從中國到泰國一再拜師。不同的「師父」用不同的手勢和口訣來導引「氣」。我在練功的過程中，既有尋找玄之又玄的「氣」的歡樂，如「情不自禁，動不由人」等；又有遇到一言難盡的心靈「顫動」，如「錯覺」、「哭笑」、「翻病」等等。這些是初期修煉氣功出現的「異常」現象。到了中期就有「靈異」出現，在黑夜靜坐時，可見十指射出光束，有點像武俠片武打時指尖射出靈光。到了後期，便是「萬法歸宗」，不論用哪種方法，甚至不用方法，只要一閉上眼睛，就身心即靜，連自己也不知道在哪裡，只有一個「空」。

　　經過二十多年親臨「氣場」的體驗，悟到「空」境後，我於2003年7月25日才寫了小詩〈入定〉：

　　　盤腿靜坐

　　　坐到肌膚
　　　骨骼軀幹
　　　五臟六腑
　　　歸於無

　　　空

　　唐·白居易有一首〈在家出家〉：「中宵入定跏趺坐，女喚妻呼多不應。」這是寫靜坐斂心，不起雜念的入

定前心境。我這首是寫入定後「空」的境悟。「空」者，佛教指「超出色相理實的境界」。《般若波羅密多經》：「照見五蘊皆空。」《大乘又章》：「空者，理之別目，絕眾相，故名為空。」

呂進的點評：「一心正持以入定，正觀明了以開慧。」

「入定」後，能否「開慧」呢？我有一點體驗和感悟：就是平時積存在心裡深處解不開的「難點」或「疑點」，如寫一首小詩半途「卡住」，或因一句詩，或因一個字，偶爾也會在「空」中閃現「不空」，跳出意想不到的閃光的「字眼」或「佳句」。這也許就是「開慧」吧。

呂進的藝術人生寄語：「尋求出世的境界，創造入世的事業。」盤點呂進的點評，首先讓我出乎意料的是，平時我修練氣功時所悟到的似夢似幻的點滴「悟境」，所寫下的「出世」小詩，都被選出來點評了。

（四）

如何安度晚年？我有一個嗜好，就是養花種樹。我從小在泰國農村長大，對田野的稻穀、花草、樹木、瓜果、蟲鳥等，都有一種特別的親和感。隨著年齡的增長，家庭經濟的好轉，這種情感越積越深，以致常常流露出那種「久在樊籠裡，復得返自然」的陶淵明的崇尚自然的思想。我常做著一個「夢」：造一座盆景園。五年前，我在住家旁邊買了一塊空地，經過幾年的耕耘，栽培了一百多盆盆栽，近百個品種，其中也有百年樹樁盆栽，庭園裡

還蓋了小紅樓和涼亭，供文友來喝茶談天，命名為「藝苑」。每當工作之餘，進入此地，頓覺塵世間的煩冗瑣事被淘汰得乾乾淨淨，彷彿融入明淨、高遠的大自然中，成為大自然的兒子了。我有一首小詩〈大自然的兒子〉，就是寫了在庭園裡的體驗和感悟：

天空下
在地球一方耕耘

閒時
看看地上的花木

累了
瞧瞧天外的飛鳥

呂進的點評：「相看兩不厭，只有敬亭山。」

面對著一盆盆盆栽，澆水、剪枝、中耕、培土等勞作，有如含貽弄孫的愉悅。

我又有一首小詩〈盆景〉：

遠看是個小不點
近看是幅畫

它會悄悄告訴你：
在艱苦的歲月
怎樣活得更美！

中國詩人艾青寫過一首〈盆景〉詩，把怪相畸形的「盆景」描寫成「不幸的產物」，發出「自由伸展發育正常」的呼聲。這是詩人曾「自由被踐踏，個性被壓制，人性被扭曲」的痛苦情緒的流露。但我結合自己人生的體驗，覺得正因為它經受得起「被踐踏」、「被壓制」、「被扭曲」的「艱苦的歲月」，因而「活得更美」。

呂進的點評：「只『離』不『即』，輕薄浮滑，捕風捉影；只『即』不『離』，粘皮帶骨，平庸無詩。此詩的火候恰到好處：若即若離。」

在庭園裡，我又尋覓到一些平時沒想到的感悟和詩句。如花為什麼會人人愛呢？我寫了〈問花〉：

人人愛你的秘密
麗質＋芬芳？
──搖頭

麗質＋芬芳＋無語？
──點頭

呂進的點評：「『無語』是詩眼。」

沒錯，我寫這首詩就想表達這種「無語」的感悟。俗話說：「病從口入，禍從口出。」世上凡是會說話的，哪會沒有對立面？美女雖有「麗質」加「芬芳」，但由於會說話，也不能得「人人愛」。假設花會說，也必會得失一些人。

還有一首〈休閒〉：

步入庭園
與花談話

好話　情話　夢話　廢話
怪話　誑話　謊話　壞話
風涼話　牢騷話　枕邊話

總是心有靈犀一點通

呂進的點評：「傾訴對象是花，詩人雅致。」

我覺得心裡有話，盡可與花「訴衷情」，自由自在，輕輕鬆鬆，思想不用有負擔，不用怕被人捉辮子，打小報告。聽者「容華絕代，笑容可掬」。此時此刻，如遇到「知音」，真是「雅致」矣。

（五）

從點評來看，呂進老師最喜歡我寫的一首〈油條〉：

本來軟綿綿
熬煎後
赤裸裸
緊緊相抱

不管外界多熱鬧

此時，只有他倆

　　呂進對此詩作了兩次點評。第一次：「從油條而悟出
愛情，智慧。」第二次：「身置象內，意達於外。我第一
次讀到此詩就擊節讚嘆，此是人間深愛的讚曲。」他還在
〈漫說曾心〉的評文中寫道：「詩人在議人生，詩人在談
愛情。他議了嗎？他談了嗎？他只給了我們一根最普通不
過的油條啊！」

　　究竟他是以什麼審美觀點來欣賞詩的呢？最近我讀了
呂進的《中國現代詩學》，才略有所悟：他認為詩歌的審
美視點有三種存在方式：「第一種基本方式是以心觀物，即
現實的心靈化」；「第二種基本方式是化心為物，即心靈的
現實化」；「第三種方式是以心觀心，即心靈的心靈化」。

　　我有一首〈雨如是說〉：

　　雨下著

　　風說：

　　我把你帶到天邊

　　雨說：

　　不行

　　我的歸宿——土地

呂進的點評：「化心為物。」

還有一首〈變色〉：

　　蔚藍的海洋

　　突然翻個身

　　滾動的浪花

　　一片白

呂進的點評：「以心觀物。」

　　再看，前面呂進評點的那首〈入定〉，似屬「以心觀心」。

　　在此請教呂老師，並感謝他在百忙中為我點評小詩！

　　　　　　　　　　　　　　　　　　　　曾　心

　　　　　　　　　　　　　　　　　2009年8月18日

目次

CONTENTS

目次

目次

目次

菩提之外

菩提

菩提樹下坐禪
見到三片落葉

一片寫著「佛」字
另一片畫著佛像
第三片無字無像

2009年4月8日

〈點評〉　菩提入禪別有詩。

佛

在半閉半開的佛眼前
我一無所求

從心靈的書架上
掏出珍藏的佛經
念誦再念誦

我也是一尊佛

2008年5月5日

〈點評〉　以無念為宗，即心是佛，見性成佛。
〈點評〉　誦不出聲，靜守禪意。

念經

千遍萬遍地重複
漸漸地萬物寂靜

只有一種梵音
在九重霄外回蕩

2009年6月1日

〈點評〉　禪意。

入定

盤腿靜坐

坐到肌膚
骨骼　軀幹
五臟六腑
歸於無

空

2003年7月25日

〈點評〉　一心正持以入定，正觀明了以開慧。

在佛寺裡

篤篤木魚聲
裊裊三炷香

在冥冥中
縮短
人——佛
距離

2003年8月26日

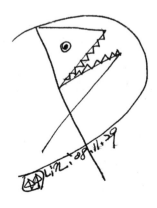

〈點評〉　靜有所悟，不立文字。

佛眼

半睜半閉的眼
比睜大的眼更明亮

因為
冷眼通觀
天上人間的浮沉

2003年8月22日

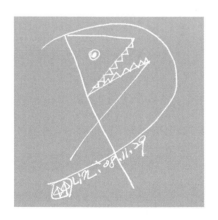

〈點評〉　　靜中有動，冷處有神；寂處有音，教外別傳。

吃齋

吃四隻腳
怕SARS
吃兩隻腳
怕禽流感

阿彌陀佛
不如吃齋去

注：果子狸（四隻腳）是SARS（非典）的載體。

2004年2月26日

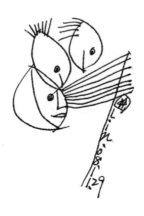

〈點評〉　隨心所照，即境明心。圓融妙悟。

塔影

盤坐河畔
靜觀天地人間

靜默、飄遠……

玄玄乎
蕩於水底天

2009年4月27日

〈點評〉　「靜觀」乃詩眼。

樹的輪迴

從土地長出來
活在藍天底下

日月是我的父母
星辰是我的兄弟

風雨最了解：
我永久的家在何處

2009年2月9日

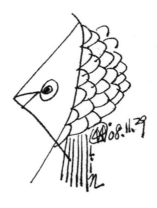

〈點評〉　禪意。

家史

三代滄桑
藏存於塵封的老煙斗

歲月的過濾
待我吐出時
依然是一縷縷的血絲
如煙似霧

2009年4月9日

〈點評〉 欲知詩的精煉，請賞此詩。

圍爐

想念那簡陋的老家
冬天
一家人圍成的火爐
樂陶陶　暖烘烘

不管外界雪飄冰封
爐裡恒溫總是100度

2007年12月29日

〈點評〉　想起臧克家的〈圍爐〉的散文。
〈點評〉　暖在爐裡、心裡。

季節

寶貴的人生
只剩下一個
季節

冬
落其華芬
一個平淡之境

2005年9月10日

〈點評〉　寫出老年，寫活老年，寫盡老年。走過人
生，悟透人生，別有一番滋味在心頭。

老人話

老人的話
年輕人嫌囉嗦

唯有幾隻小貓
聽得
時而哭出聲
時而跳起舞

2009年3月1日

〈點評〉　當水把兩岸隔離的時候，需要橋。
〈點評〉　當年齡把人隔離的時候，需要橋。

老缸

老屋後那口老缸
何時坐禪入定？

張著嘴本想說話
頓悟：
還是不說為好

2005年7月21日

〈點評〉　禪悟之後，不立言說。老缸懂詩。

老相冊

不跟時間走
老在原地方

五十年前在那裡
五十年後還是在那裡

翻翻這老相冊
看看自己永駐的青春

2009年4月18日

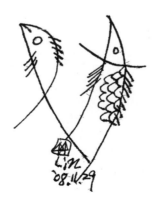

〈點評〉　老的相冊，不老的青春，由此靈感突發。

老樹

只剩下幾片黃葉
隨著秋風飄零

望著一抹夕陽
似乎還有夢

2006年2月25日

〈點評〉　只要守住夢，老樹的心就不會老去吧？

老椅子

百年，還在老地方

不願走動
不想開口

站直──我的個性

2008年7月8日

〈點評〉　吟成四行句，用破一生心。

老井

一口古井
跌落一彎殘月

拋下水桶
打上祖祖輩輩的滄桑

沉重地拉——
一條古老文化的根

2003年6月13日

〈點評〉　「古」是詩眼。

老柳

長大了
越來越看清楚
天空比不上土地

越老越把頭低下
──吻自己的根
　　吻養育的土地

2005年11月28日

〈點評〉　妙！不即不離，又即又離，乃誦物詩的特徵。
　　　　　老柳是老柳，老柳非老柳，詩味正在「非」
　　　　　中，令讀者去思索，去尋得個中真味。

老樹的身影

鳥兒邀老樹同飛
它的頭搖得像風姿

鳥兒只好說聲「拜拜」
向高空獨自飛去

只見它偉岸的身影
依然傲立在微笑的國土

2006年12月5日

〈點評〉　國土情詩。

說舊事

舊事重提沒人聽

只有家裡那口老缸
每次聽了都很動感情

張開嘴未說話
肚裡的眼淚已橫溢

2009年2月19日

〈點評〉　缸是缸，缸非缸。

記事本

有親戚從遠方來
問起祖輩的滄桑

我向門前一指：
請問那棵老樹
只見它像個歷史老人
慢慢地翻開千年記事本

2008年7月9日

〈點評〉 詩在詩外。恰是未曾落墨處，浩渺煙波滿
目前。

局勢

洪災之後
給大地留下無數的沉渣

我追問青天：
如何把它打扭乾淨？

天無語
頓時下著傾盆大雨

2008年10月7日

〈點評〉　淚飛化作傾盆雨。

哭訴

一隻說：

「我的老家被導彈擊毀了。」

一隻說：

「我生的蛋都被人挖去吃了。」

兩隻逃難的螞蟻

跪在地球上向天哭訴

2008年3月10日

於金融海嘯期

〈點評〉　言此意彼，詩在詩外。

嚴冬

地球犯病
四季失控

漫天飛雪
成群結隊的瘦企鵝
把曲頸伸向高空

「？」伸成「！」

2009年1月9日
寫於金融海嘯期

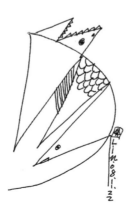

〈點評〉　標點符號入詩。

看夜

漸漸地
藏到一塊大黑幕裡

唱一首〈陰之歌〉
演一齣〈幽之夢〉

幕後鑼鼓敲得震天響

2008年3月8日

〈點評〉 句句深夜得，心自天外歸。

股票市場

一串數字進去
買個笑
一串數字出來
買個哭

哭——笑——哭的重疊
臉上竟成熱帶的雨季

2008年4月4日

〈點評〉　切莫把人生當股票。

復原

霧朦朦
雲飄飄
雷隆隆
雨瀟瀟

過後
依然是藍天

2008年8月17日

〈點評〉　堅守「依然」，就有人生的翅膀。

茶葉

一張綠卡
通行世界
走進千家萬戶

紫砂壺裡流出
——家鄉的山水
　　祖輩的茶道

2003 年 8 月 18 日

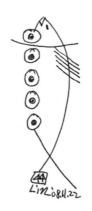

〈點評〉　思鄉之情，怎一個愁字了得？

萬年青

不管紅土黑土
貧瘠肥沃
只給半勺土
就能活著
拌著血汗活著……

它的別名叫華僑

2003年8月1日

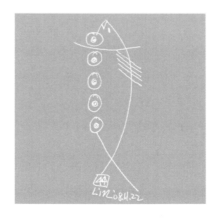

〈點評〉　寫華僑的詩多多，此詩別有意象。

紅頭船

飄洋過海南來
太沉重了
載的都是骷髏

在歷史的長河中
　——擱淺

2007年8月23日

注：華人祖輩，是乘「紅頭船」飄洋過海而來的。

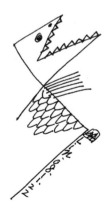

〈點評〉　艱辛的記憶，詩意的裁判。

水布

一條舊水布
濕透老華僑的辛酸

擰之，滴滴汗
再擰之，滴滴血

百年擰不盡
千年晒不乾

2009年4月2日

注：華人祖輩勞作時，以水布擦汗水。

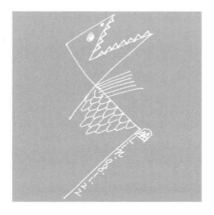

〈點評〉　欲語淚先流。

黑瓜子

黑——白
陰——陽

陰的是月亮的女兒
陽的是太陽的兒子

一枚宇宙初始的胚胎

2008年12月5日

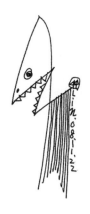

〈點評〉　沒有想像力的詩人是難以想像的。

雨如是說

雨下著

風說：
我把你帶到天邊

雨說：
不行
我的歸宿——土地

2006年2月8日

〈點評〉　化心為物。

粽子之外

粽子

炎黃子孫
在血液裡
早已結下粽子緣

年年不忘
把自己的懷念
投入心靈的汨羅江

2009年6月5日

〈點評〉　「惚兮恍兮，其中有象；恍兮惚兮，其中
　　　　　有物。」

中秋

天上的明月
地下的月餅

等了一年
兩個「圓」擁抱

家家戶戶
為他們的團圓放鞭炮

2009年9月3日

〈點評〉　兩個「圓」的意象甚妙。

月餅

把月光與濃情
揉捏成圓圓的月餅

一半敬天地
一半贈親友

2006年9月1日

〈點評〉　以月光與濃情做成月餅，妙語。

月亮

初一，孫子吵著爺爺：
要吃天上的香蕉。

十五，孫子纏著爺爺：
要拿天上的球下來玩。

爺爺把著他的小手合十，
朝天一拜、二拜、三拜！

2009年4月15日

〈點評〉　童趣。

一顆星

滿天星斗

爺爺抱著剛滿歲的孫子
把著他的小手數星星
數來數去總少了一顆

奶奶笑道：你忘了
去年8月5日那顆星落我家

2007年8月5日

〈點評〉　　夜空被戳穿了一些洞，露出外面的光亮，
　　　　　它的名字就叫星星。

垂釣的喜悅

深山
古潭
獨坐
空釣半個世紀

夢中驚醒
釣到一條鮮活的大魚

2008年7月15日

注：2008年7月15日欣悉天津百花文藝出版社決定新版
　　我25年前寫的醫學隨筆《杏林拾翠》一書。

〈點評〉　「空釣半個世紀」，是虛虛實實的詩家語。

捉蝴蝶

一對蝴蝶飛入心扉
── 在原野追逐
　　在藍天共舞

我伸出無限長的手
捉到的只是一個童夢

2009年5月5日

〈點評〉　妙於篇章之外。

釣童真

一竿釣絲
在記憶湖泊垂落

不在釣得多少鮮魚
而在釣得多少童真

2009年6月8日

〈點評〉　此中有真意，欲辨已忘言。

小舟三境

停泊在溪旁
是睡的時候

穿行在江河裡
是醒的時候

乘風破浪在大海中
是夢的時候

2007年2月8日

〈點評〉　人生如小舟。

曲調

大地
一張五線譜

雨
滴下一個個跳動的音符
彈奏一曲天地和諧的G大調

雨停曲終

2008年6月4日

〈點評〉　但見情性，不見文字。

月亮日記

深更半夜，
月亮從窗口爬進來
坐在我椅上

喜滋滋伏案疾揮：
與「神七」對話的日記
——1、2、3則

注：2008年9月25日神舟七號上天，飛行68個多小時，
　　運行45圈，於28日安然飛回中國大地。

2008年9月29日

2008.11.22

〈點評〉　詩出側面。

雙向道
——賑災短歌之五

一道　出傷痛
一道　進希望

一道　出血淚
一道　進大愛

一道是風雨交加的黑夜
一道是不分你我他的陽光

2008年5月19日

〈點評〉　咏汶川地震的詩，此章構思別具。放翁
曰：「詩無傑思知才盡」，誠哉斯言。

看地圖
——賑災短歌之六

孩子問四川
孫子問四川

四川原來離我很遠
地震後，離得很近
彷彿「住」在我心裡

我已是四川人

2008年5月25日

〈點評〉　「遠」與「近」組成詩情的張力。

跳水

從雲端跳下

在半空中，出現
幾個驚險翻滾的「？」
落下一個「！」

濺起青春雪白的水花

2008年8月18日

〈點評〉　詩人實在是白描高手。五行詩，如臨其
　　　　　境，如見其人。

解雇當夜

壁上
獨坐著一個黑影
桌上
斟滿一杯「夜孔」酒

子夜
空瓶狼藉

2006年1月1日

〈點評〉　詩比散文精煉。它將可述性降到最低程
　　　　度，將可感性升到最高程度。它的敘述是
　　　　跳躍的。此詩二十四個字，卻是一部小
　　　　說，述說痛苦的小說。

臉

對著紛繁的人與事
讀不出他的
喜怒哀樂

他的心
已千瘡百孔

2004年4月16日

〈點評〉　哀莫大於心死。

小販

一肩挑月亮
一肩挑太陽

若要問家產
只有這副擔子

2009年6月10

〈點評〉　詩家語貴在有彈性。詩含多重意，不求其
　　　　　佳必自佳。「擔子」含多重意。

感觸

一個鰥夫
望著湖邊情侶依依

嘆息——
歲月
偷蝕了
我愛情的甜蜜

2005年10月20日

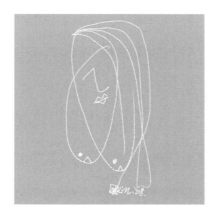

〈點評〉　問君能有幾多愁，恰似一江春水向東流。

渡口

匆匆趕來
在渡口送別

雙手緊緊握著
又輕輕放開

哦！忘記帶來玫瑰
即從水中捧起一朵浪花

2004年2月3日

〈點評〉　詩難乎結。傳神的結，詩外有詩。

兩個影子

長髮和短髮
一前一後地走著

漸漸地　手牽手
漸漸地　身貼身

漸漸地
貼成一棵筆直的檳榔樹

2009年1月28日

〈點評〉　一部小說，一首小詩。足見詩的容量。

思念

驅不散，剪不斷
一端愁雲，一端彩虹

今夜索性不入眠
靜閉雙眼
咀嚼思念的滋味

苦澀而甘甜

2006年1月3日

〈點評〉　西北望長安，可憐無數山。

握手

那次在鷺島
握出一樹鳳凰花

這次在湄南河畔
握出一江溫情

下次不知在何處
掌心早已握滿思念

2003年7月14日

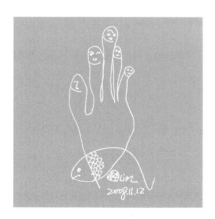

〈點評〉　詩之忌在「凡」。此詩不凡，盡得詩家語
妙處。

雨中

一覺醒來
還聽到雨聲

不如在夢中
撐著小圓傘
牽著另一隻手
徐行……

2006年6月23日

〈點評〉 文醒詩夢。

無緣

她要進來
傘還沒打開

我請她進來
她自己的傘已打開

兩把傘越走離得越遠
一把向左　一把向右

2008年3月8日

〈點評〉　人生多少遺憾事，一時都向筆端收。
〈點評〉　萬事隨緣皆有味，煩惱總為強追求。

油條

本來軟綿綿
熬煎後
赤裸裸
緊緊相抱

不管外界多熱鬧
此時，只有他倆

2004年9月25日

〈點評〉　從油條而悟出愛情，智慧！
〈點評〉　身置象內，意達於外。我第一次讀到此詩
　　　　時就擊節讚嘆，此是人間深愛的讚曲。

暗礁

不敢露出水面
還常被挨罵

既然已向大海承諾
就得堅守崗位

2003年8月24日

〈點評〉　象外有象，筆外有音。

攔路石

一塊攔路石
擋住我的去路
把它踢進河裡

哎喲喲
當游泳時
我腳板還被它割破

2004 年 8 月 5 日

〈點評〉　妙在第二節，「攔路」者之可惡，入木三分。

水泡

吐幾口水
魚尾一捲就走了

人生的追求
往往
撈到水泡

2005年8月3日

〈點評〉　水中著鹽，飲水乃知，非老年不能得此詩。

釣

在河邊垂釣的人：
魚夠多了
回家烹煮去

在人流垂釣的人
東張西望：
怎麼還不上鉤？

2004年6月9日

〈點評〉　人還是比魚高明。

錨

海港的船
一艘艘被鈎住

又見
水中月
還想去鈎呢！

2004年7月5日

〈點評〉　非戒不禪，非禪不慧。「錨」的慾念太
多，會自己把自己鈎住吧？

領帶

沒有什麼可抓的
只因繫在脖子上

愛惹事生非的風
硬要把我當辮子

2006年11月14日

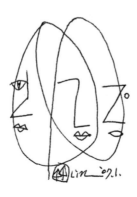

〈點評〉　　此詩具有超出機制。

橋的埋怨

彎脊哈腰
馱你過河
背你過海

到達彼岸
你反轉過頭來
責備這　叱喝那

2005年5月12日

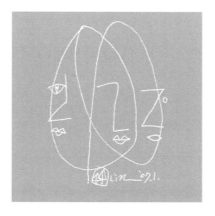

〈點評〉　君子動口不動手，還是比過河拆橋者好一點。

風鈴

風
老是嘮叨
訴說酸甜苦辣

鈴
千年一個音：
祝你平安！

2003年7月4日

〈點評〉　言淺而思深，詞微而意顯。我喜歡鈴的從
　　　　　容、總是關心他人的風度。

風車

自由的風
一旦忘乎所以
也會迷失方向

唯有風車
不倦地旋轉
給予指明去路

2003年7月4日

〈點評〉 詩人得於心，覽者會其意。

卷 三

樓梯之外

樓梯

任人踩踏
不哼一聲

只弓著脊梁骨
接接送送

背後
還時聞指責聲

2004年9月23日

〈點評〉 詩，有從題外寫入者，有從題內寫出者；有在
實處寫虛，有在虛處寫實。此是由實升虛。

窗

眾人睡了
我還醒著……

日夜睜大眼睛
因為我不放心這個世界

2004年9月20日

〈點評〉　人關注的，不是窗本來怎麼樣，而是窗在
詩人看來怎麼樣。這才有詩。

球

跳──跳──跳
眼珠，幾十億跟著轉
從東半球
到西半球

天動地搖
一個天外飛來的「球」

2006年8月30日

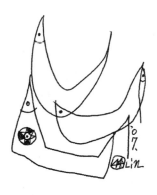

〈點評〉　「球」字的彈性：地球，足球，眼球。詩
　　　　　含多重意，不求其佳必自佳。

影子

日頭當中
影子也不會出來

2006年1月2日

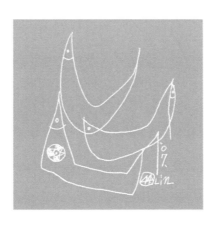

〈點評〉　此中有真意，欲辨已忘言。

卵石

本來有稜有角
被歲月磨成
滑滑圓圓

無論走到哪兒
只是一個「0」

2004年1月16日

〈點評〉　大妙。卵石絕唱。
〈點評〉　說卵石沒稜沒角，這樣的詩句好像是常見
　　　　　的。但是圓滑的卵石只是一個0，就是曾心
　　　　　發現了。對現實的形象把握，對人生感情的
　　　　　評價，對世界的詩意裁判，盡在筆墨之外。

忍功

屋外風雨
屋內驚雷
指責聲逐浪高⋯⋯

心中的水銀柱
依然在
──0度

2005年9月26日

〈點評〉　「忍」字：心上一把刀。

打太極

在一片聲浪中
心如一盆靜水

一來一往
輕盈如雲
靈活如風

功夫在意守

2009年3月22日

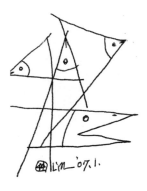

〈點評〉　　老子說：「守柔曰強。」

雲的軟功

漂浮的生活
練就了我一身軟功

高山擋路
一層又一層

我輕輕地繞過
一程又一程

2008年5月5日

〈點評〉　柔弱勝剛強，這是老莊的重要智慧。
〈點評〉　中國文化的生存智慧，柔弱勝剛強。此是
　　　　　中國人的半夜傳燈語。

雷聲

不許風說話
不許雨說話

剎那
閃電亮相
整個天地
只有一種聲音

2004年1月7日

〈點評〉　想起一首詩：「獨坐池塘如虎踞，綠楊樹
下養精神，春來我不先開口，哪個蟲兒敢
作聲。」這是寫「蛙」的。意象雖有別，
霸氣相類。

石的驚覺

仰臥
見天邊的水滴
飄落在身上

不知不覺地睡去

千年醒來
驚覺自己竟成了湖泊

2008年12月23日

〈點評〉　滄海桑田，萬物均在一變中。

調位

船，在陸地
盤腿坐氣功

下了海
頭頂藍天
對風雨呼嘯：
「我來了！」

2006年8月20日

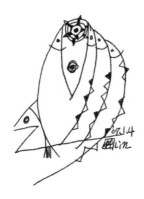

〈點評〉　天生我才必有用。才華有異，各領風騷。

不倒翁

不問怎樣跌倒
跌得怎樣

只知
跌倒爬起來

〈跌倒算什麼〉
是他心中唯一的歌

2009年5月4日

〈點評〉　想起畫家齊白石題畫詩：「烏紗禮袍儼然
官，不倒原來泥半團。突然把你來打破，
渾身上下沒心肝。」

陀螺

善於跳獨腳舞
敢與黑旋風比速度

不管風雨怎樣評說
只正視自己的立足點

——點正
　　旋轉

2007年3月2日

〈點評〉　至言無言。

鎖頭

單身太寂寞
尋找到配偶

擁抱　接吻

頃刻
鎖住他人
也鎖住自己

2009年3月6日

〈點評〉咏物，入其內，出其外。

火車

老祖宗留下
一個緊箍咒：
不許越軌一步

正正直直走
拐彎抹角
回去見老祖宗

2004年11月9日

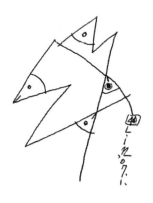

〈點評〉　這樣寫火車，妙篇！

跳繩

一個欲飛的滾圓
想乘風飛天

盡管怎麼跳
十個腳趾
始終「點」著地面

2007年4月16日

〈點評〉　好詩何止於通，何止於工？好詩是無言的
沉默。

火柴

自有電燈後
我的名字漸漸被淡忘了

名字是過眼風雲
我不在乎

怕只怕
保不住那點火種

2008年2月4日

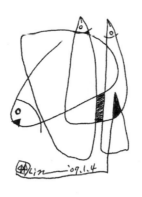

〈點評〉　好詩「至苦而無跡」。

煙花

天空是個競技場
我靜悄悄地等待

一旦有機遇
挺身肉搏

滿天五彩繽紛

2006年5月11日

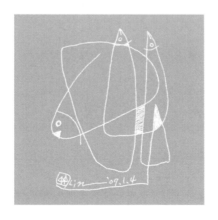

〈點評〉　文醒詩夢。

夜明珠

有光就讓
無光就站出來

心中
隱匿
一個對抗黑暗的光體：

翡翠　晶瑩　透亮

2008年11月1日

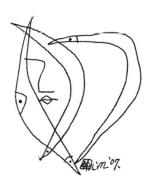

〈點評〉　對抗「夜」的「明珠」。

春來了

地球發情
一股腦兒把天吐綠

風從天邊走來
敲著銅鑼：
春來了！春來了！

2008年2月8日

〈點評〉　如此寫春，還是第一次見。
〈點評〉　詩是生命的言說。所以，由榮而枯的秋，
　　　　由枯而榮的春，都得詩的青睞：它們與生
　　　　命的流動暗合了。

春牛

翻一個懶身
什麼宿怨都忘了

睜開眼
河邊長滿青青的野草

尾巴一甩
拖著鐵犁耕田去

2009年3月1日

〈點評〉 犁耕春天。

抱春

春天來，大地笑了
孫子來，我笑了

抱著孫子
如抱著春天

滿眼花朵
天地人間燦爛

2009年3月19日

〈點評〉　風來花底鳥聲香。

湖邊垂柳

——《柳三景》之一

孤獨
站在湖邊
飲水

一陣清風
爽一身

2007年12月28日

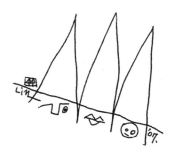

〈點評〉　詩者，寺人之言。
〈點評〉　不粘著外形，傳神之筆。

柳與湖
——《柳三景》之二

依依垂柳
划破水面的漣漪

清清湖水
攝下婀娜的身姿

2008年1月1日

〈點評〉　　動與靜。

〈點評〉　　喜寫柳，怒寫竹。

自然友邦
——《柳三景》之三

三月裡
湄南河畔
燕子銜來柳枝

杭州西湖
正等牠回歸

2008年1月5日

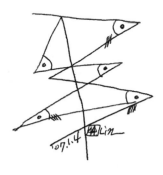

〈點評〉　蜂蝶紛紛過牆去，卻疑春色在鄰家。

大自然的兒子

天空下
在地球一方耕耘

閒時
看看地上的花木
累了
瞧瞧天外的飛鳥

2004年8月10日

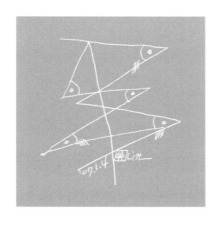

〈點評〉　相看兩不厭，只有敬亭山。

卷 四

豐收之外

豐收

五月的芒果
一樹金黃的果實

勾摘一個
掉下三五個
地下還有七八個
兜在懷裡又滑下兩三個

2004年9月20日

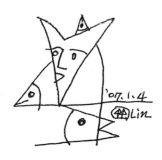

〈點評〉　數字活用，詩趣盎然。大珠小珠落玉盤。

休閒

步入庭園
與花談話

好話　情話　夢話　廢話
怪話　誑話　謊話　壞話
風涼話　牢騷話　枕邊話……

總是心有靈犀一點通

2005年9月27日

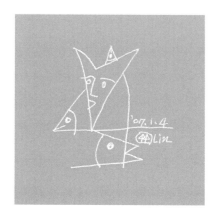

〈點評〉　傾訴對象是花，詩人雅致。

盆景

遠看是個小不點兒
近看是幅畫

它會悄悄告訴你：
在艱苦的歲月
怎樣活得更美！

2006年3月9日

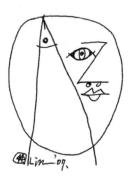

〈點評〉　只「離」不「即」，輕薄浮滑，捕風捉
　　　　影；只「即」不「離」，粘皮帶骨，平庸
　　　　無詩。此詩的火候恰到好處：若即若離。

庭園

三棵芒果樹
一間小亭子
一湖青草地……

閒坐石凳上
翹起二郎腿
靜聽籬笆上牽牛花的歌聲

2004年7月4日

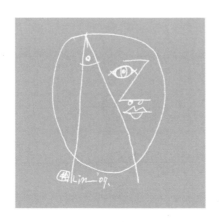

〈點評〉　於無聲處聽歌聲，詩人通感。

問花

人人愛你的秘密：
麗質＋芬芳？
——搖頭

麗質＋芬芳＋無語？
——點頭

2006年5月20日

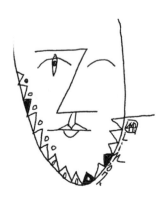

〈點評〉　「無語」是詩眼。

花語

沐浴雨淋的歡愉
與晨露接吻的甜蜜

芬芳被風帶走的怨言
花蜜被蜂偷去的詛咒

——這些花語
只有詩人聽到

2007年2月7日

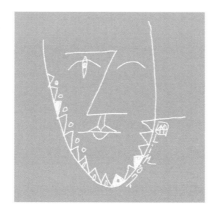

〈點評〉　從無形中看出有形，從無聲中聽出有聲，
　　　　　詩人也！
〈點評〉　視於無形，聽於無聲，乃真詩人也！

牽牛花

老祖宗教我：
背著喇叭往上爬

中國神州六號上天
我爬得最高
吹得最響

2006年2月25日

〈點評〉　記起流沙河的同題詩：「左旋左旋，升高升高。種可入藥，名叫黑丑。」這是中國的牽牛花，泰國朋友未必能懂。

臘腸花
——泰國國花

黃色的雲朵
從高空層層疊疊垂下

它靚麗地向天下展示：
腳下
是一塊微笑的國土

2005年6月12日

〈點評〉　微笑的國土，因為是佛光照耀的國土。

石榴

綠葉總在笑
它卻嘟著嘴
而且越嘟越厲害
甚至　紅了臉

一生只最後咧嘴
一笑

2006年4月12日

〈點評〉　似而不似，不似而似。

椰子

哪兒找淨土？
綠葉塵染
根觸濁水

唯有我那圓果殼
保存一壺最聖潔的水

2006年5月18日

〈點評〉　從環保的角度詠椰子，發前人之未發，詩
　　　　　人慧眼。

蘆葦

自見到了天日
便一股勁兒往上長

等到滿頭皆白
始悟：
挺立招風險
靈活「搖擺」的重要

2005年6月22日

〈點評〉　別有所悟，故不落尋常蹊徑，曾心的「蘆
　　　　　葦」也。

筍

草　嚴蓋大地
不讓我出頭露面

一夜春雨
我破土而出：

「等我成竹時，
給你綠蔭！」

2007年3月9日

〈點評〉　「好雨知時節，當春乃發生。」

苦瓜

歷練　痛苦的
種子　甜蜜的

熬煎了一個季節
皺了

皺了一身
菜譜上才有了名字

2008年2月5日

〈點評〉　　「皺」是詩眼。
〈點評〉　　能剛能柔，忽斂忽縱，似而不似。

網魚

槳聲處
飛出一曲非常漁歌

船頭的漁夫
趕著落日
撒向江心
打撈最後一網希望

2004年8月10日

〈點評〉　「希望」能「打撈」，詩家語也！

聆聽

捧勺　湄江水
聆聽——

泰北山脈的寂靜
泰海灣波濤的喧鬧

唯一聽不到
曼谷城裡的鳥啼聲

2004年11月9日

〈點評〉　文醒詩醉，無理而妙。

照片

用眼睛
拍攝湄南河

由水沖洗
飄到遠方

讓世界的眼睛
飽賞微笑國度的風光

2004年6月16日

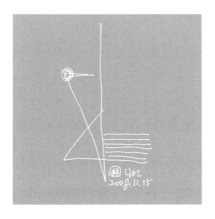

〈點評〉　佛光輝映的國家。

卷 五

湄南河之外

湄南河

悠悠地
微笑地
南流……

一條不息的國脈
鎔鑄著佛國兒女的性格

2004年3月26日

〈點評〉　詩人找到了悠悠微笑的佛國兒女的象徵。

鼓浪嶼

大自然是個農藝大師
從女媧補天撿來幾塊奇石
從神農架移來奇花異草

在碧波蕩漾的鷺江上
塑造一盆天下第一的山水盆景

2006年3月31日

〈點評〉　情中景比景中情難寫。將鼓浪嶼寫成盆
景，妙語。

漓江

船在山中行
山在水裡走

才吻神筆峰
又抱九馬山……

轉眼間
通統被雲霧抱走

2008年10月28日

〈點評〉　詩可以觀。

一線天

不知
哪個朝代的好漢
錯劈一刀

鐵石心腸
便見到天光

2003年7月11日

〈點評〉　山水詩最忌作應酬山水語。優秀山水詩都
　　　　是詩人別有想像，別有寄託，山水詩是人
　　　　文山水。此處的一線天是詩的一線天，有
　　　　詩人的發現、沉思與創造。

火山

本是心中一團火
要為人類事業燃燒

無奈受到壓制
使我一直處於
忍與爆之間

2003年11月11日

〈點評〉　象外精神言外意，道是無情卻有情。

海螺

生時
不敢與大海比高下

死後
卻被吹得響於浪濤

2003年8月8日

〈點評〉　味外有味。非有豐富人生閱歷者難尋此詩。

沙

在海灘
誰都不理睬我
甚至踩在腳底下

他們都不理解我的眼睛
——認識大海
　　認識宇宙

2006年7月12日

〈點評〉　可和相反詩意的魯藜的〈泥土〉比照，自
　　　　　有詩趣。

孤島

遠處的孤島
生活在波濤萬頃中

它吟不出陶淵明的田園詩
只能講述世事無常的故事

2006年3月9日

〈點評〉　佳句。四行詩句，千言萬語。

浪花

跳出母親的懷抱
追風逐雨

咯咯的笑聲
突然撞到山腳
碎了
灑下盡是淚

2006年6月1日

〈點評〉　古今寫浪花者無數，唯此詩獨出機杼，餘
　　　　味無窮。

變色

蔚藍的海洋
突然翻個身

滾動的浪花
一片白

2006年9月13日

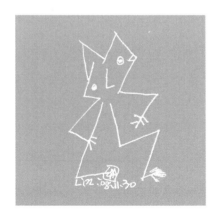

〈點評〉　以心觀物。

海潮

一襲蔚藍
跳舞來

把衣裳脫在海灘
網一囊滄桑
沉重
回去

2006年9月1日

〈點評〉　輕與重交錯出的詩情。

水

草木皆笑我
傻
總是往低處走

我無悔無怨：
「生性清白
不懂怎樣往上爬」

2006年4月19日

〈點評〉　會景而生心，自有靈通之句。

冰

晶瑩剔透
沒有一點私心

看我融化後
一無所有

2005年6月16日

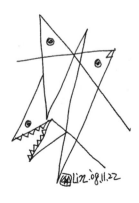

〈點評〉　冰即人格。墨氣所射，四表無窮。

瀑布

X個水孩子
從奇特絕壁奔出

一級又一級
歡樂地跳水

浪花飛濺四季

2008年1月18日

〈點評〉　瀑布詩多多，此詩別出蹊徑。

〈點評〉　詩人之情，不擇地而自出。

探海

站在海岸
總不知海有多深

一個海浪提醒我：
請小溪入海時
拿把尺子量量身

2006年8月15日

〈點評〉　哲語。年輕人不可不讀，輕浮者不可不讀。

鯊魚

在海裡當王
想到陸地較量

才露出水面
就被捕捉去肢解

牠最最精華部分
在中國城魚翅酒樓展示

〈點評〉　海闊憑魚躍，天空任鳥飛。但這「海」，
　　　　　這「天」，都是鐵門檻。世界上沒有絕對
　　　　　的飛躍空間。此為生存哲學半夜傳家語。

海的回饋

百川歸大海
不敢占為己有

化為雲
飄到天邊

結成雨
灑回大地

2009年5月8日

〈點評〉　詩人的海無處不在。

鵝

不像天鵝那樣高貴
在地上唱歌沒人聽

只好把脖子伸得長長
好歹唱給藍天聽

2005年3月30日

〈點評〉　「曲頸向天歌」的現代表達。

雄雞

黑夜
天地無界線

東方魚肚白
只等待
雄雞一啼叫

2005年8月19日

〈點評〉　雄雞一唱天下白。

鸚鵡

美麗的羽毛
掩蓋了內心的痛苦

每個字每句話
都不是自己的意思
只緣腳上鎖著小鐵鏈

2005年8月19日

〈點評〉　詩尾妙極，整首詩一下子就亮了。

一瞥驚心

一架彈弓
拉緊

嗖地
驚飛一隻鳥,
打落幾片黃葉

2003 年 1 月 3 日

〈點評〉　詩人守護生靈之情。

鳥的自由

地面太多交易
跳到樹枝上生活

啊！高空多自由
我正奮力飛起

忽聞背後有槍聲

2008年4月3日

〈點評〉 北島的詩〈生活〉只有一個字：網。

〈點評〉 有跳樓的自由，就有死亡的自由。

大象之外

大象

一輩子吃素，
誰敢跟牠比氣力？

身一動，
拉走一座森林；
鼻一捲，
把地球當球玩！

2003年11月15日

〈點評〉　氣力來自吃素。此乃佛家語。

燕窩

趴在岩壁上哭泣：
辛辛苦苦築的巢
又被竊走了

從城裡跑來的風說：
那帶血的燕窩
在宴席上正騰騰冒煙

2008年12月5日

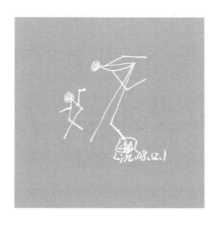

〈點評〉　詩人說的豈止是燕窩。

牛

稲田中
灌滿
牠的血汗

熱鍋裡
炖爛
牠的筋肉

2003年7月2日

〈點評〉 為牛一嘆，為牛一哭！

螢火蟲

平凡的一生
只求做好一件事：

提著燈籠
給行人照明

2004年1月18日

〈點評〉　在詩人看來，平凡勝偉大。

蟬

發現複雜的天地
只由「陰陽」建構
便鼓動薄翼
歡樂喊叫：
知了！知了！

2004年1月10日

〈點評〉　對聲音的模擬，是詩的常用手法。熟悉的如
　　　　　劉大白的「布機軋軋，雄雞啞啞」，徐志摩
　　　　　的「沙揚娜拉」，邵燕祥的「尼切沃」。

螳螂的大腿

一個黑影撲來
牠奮力一跳

觸鬚搓著大腿
覺得腳力尚好

昂首
向高空再作騰飛

2008年2月9日

〈點評〉　「再作」精神，寶貴財富。

蛤蟆的真實

其實
想吃天鵝肉
我未曾做夢過

一生不敢拋頭露面
只藏在穴洞巴望
夜裡有更多蚊子飛過

2008年3月17日

〈點評〉　藝術來自生活，又不是生活。不必計較。

蝸牛

天上，總是看不到
地上，卻走出條條泥濘的路

2008年1月29日

〈點評〉　蝸牛精神。

螞蟻

從寒冷的黃土高原
搬到熱帶的黑土地
從充滿陽光的地上
搬到暗無天日的地下

「土窯」還沒建好
又悉今晚子夜洪水將氾

2008年4月3日

〈點評〉　螞蟻的意象是創造。

一尾魚的發現

當走投無路時
便向水面一躍
竟發現
一個比海更寬闊的天

那晚他做了個奇怪的夢：
自己的鰓換成了肺

2008年3月28日

〈點評〉　人生常有這「一躍」。

池魚

到大海會淹死
在缸裡會悶死

在噴泉底下
悠哉悠哉
充分展示自己的游技與亮麗

2007年3月7日

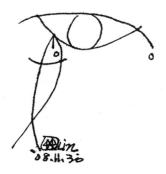

〈點評〉 良田萬頃，日食一升；華宅千間，夜眠五
尺。老子曰：知足者富。

池鱷

忘了用尾巴的反擊力
剛生下的一窩蛋被人偷走

想到親生骨肉
不知落到何方

從沒流過淚的雙眼
終於淚水汪汪

2009年5月12日

〈點評〉 工於捕捉特徵。

龜

遭受欺壓
把頭縮成一塊硬石

過後
繼續走路

2004年11月8日

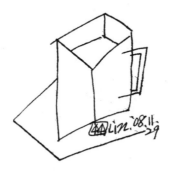

〈點評〉　弱者的力量，詩人的共鳴。

龜的決心

天有多高
地有多厚

龜戴著帽子
拄著拐杖
拿起測量儀器
決心做一次驚天動地的勘察

2008年1月1日

〈點評〉　有知者知畏，畏天地，畏聖人之言。無知
　　　　　者無畏。

石磨飛轉

八位志願者
把五千年的石磨推動
夜以繼日

春風迎來名師指點
石磨飛轉
磨出一個小詩的春天

注：小詩磨坊2006年7月1日於曾心藝苑小紅樓成立，
　　成員7＋1。即泰國的嶺南人、曾心、博夫、今石、苦
　　覺、楊玲、藍焰；台灣的林煥彰。2008年2月5日，中
　　國駐泰王國大使張九桓蒞臨小詩磨坊指導，並在小詩
　　磨坊亭喝茶談詩，題賜墨寶：「精彩在多磨」。

2008年2月5日

〈點評〉　好詩多磨。

小詩磨坊亭

風兒到這裡

駐了腳

醉——詩人的自由談

鳥兒到這兒

停了歌唱

驚——磨坊裡磨出的詩

2006年11月7日

〈點評〉　第一個這樣的磨坊，難怪風醉鳥驚。

〈點評〉　詩意世界，風駐鳥靜。

雨中品茗

亭內
我與風一起茗茶侃藝

亭外
雨，獨站
品味壺嘴吐出的小詩

2009年1月29日

〈點評〉　茗中品雨。

玩詩

尋覓生活中
零散的星星

一個個吞進肚子
連夢帶血
嘔成
有規則有情感而成行的星星

2009年4月6日

〈點評〉 從平凡生活吸入，從詩人心靈吐出。

尋找

在黑夜行走
我用眼尋找
——曠野的螢火

在黑夜行走
我用心尋找
——流動的詩行。

2007年3月1日

〈點評〉　人類在，詩就在。

囚螢火

黑夜　屋前屋後
捕捉到的螢火
一個個囚進心房裡

十年八載後
把牠放出
飛成一行行閃爍的詩

2008年12月28日

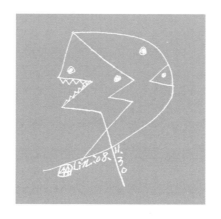

〈點評〉　句句深夜得，心自天外歸。

與繆斯相約

深夜
獨坐小船
與繆斯相約

心動
船搖
抖落滿天星斗

2005年3月15日

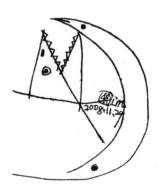

〈點評〉　悠然「獨坐」，詩人境界。

靈感

胸中一片空白
突然
靈犀一點心中來

筆端
與日月星辰對話
與天地之神對話

2006年2月25日

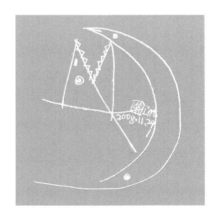

〈點評〉　長期積澱，偶然得之。「突然」升華，宛
如神助。

詩國夢

水上漂流的花瓣
是我心中的凋零

孤獨的我，茫茫然
漂到一個奇異的國度

哇！那兒不食五穀
全是五穀釀成的酒

2007年2月9日

〈點評〉　文與詩均為五穀。文，炊而為飯；詩，釀
而為酒。飯未變形，滿足物質需求；詩已
質變，與精神為伴。

冰箱

感情煮騰的文字
放進冰箱冷凍
把水分吸乾　再吸乾

冷處理的文字：
多一個太多
少一個太少

2009年1月6日

〈點評〉　懂詩之語。

價值

門前那棵老樹
要我把詩寫在綠葉上
好讓風朗誦

一陣狂風，紛紛飄零
清道夫把它扭進垃圾桶

哦！我的詩到哪兒了？

2006年11月30日

〈點評〉　詩從（詩人的）內心走進（讀者的）內
　　　　　心。放在其他地方均不可靠。

綠洲

海那邊
是我夢裡的綠洲

日出而作
日落不息

種的農田
長的都是方塊字

2009年6月4日

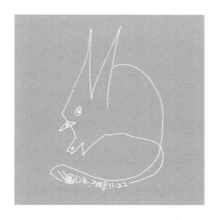

〈點評〉　「只恐雙溪蚱蜢舟，載不動，許多愁。」

我與書

書在我眼裡是海洋，
我在書心裡是隻船。

我問：何時到達彼岸？
書說：別問彼岸。

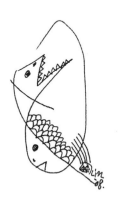

〈點評〉　書海無涯。

玩詩，玩小詩

2
0
2

國家圖書館出版品預行編目

玩詩，玩小詩：曾心小詩點評 / 曾心著. -- 一
版. -- 臺北市：秀威資訊科技發行, 2010. 01
　　面；　公分. -- (語言文學類；PG0311)
　　BOD版
　　繁體字版
　　ISBN 978-986-221-346-9（平裝）

863.51　　　　　　　　　　　　98021023

語言文學類　　PG0311

玩詩，玩小詩——曾心小詩點評

作　　　　者／曾　心
點　　　　評／呂　進
主　　　編／林煥彰
發　行　人／宋政坤
執 行 編 輯／藍志成
圖 文 排 版／郭雅雯
封 面 設 計／蕭玉蘋
內 頁 插 圖／林煥彰
數 字 轉 譯／徐真玉　沈裕閔
圖 書 銷 售／林怡君
法 律 顧 問／毛國梁　律師
出 版 印 製／秀威資訊科技股份有限公司
　　　　　　台北市內湖區瑞光路583巷25號1樓
　　　　　　電話：02-2657-9211　傳真：02-2657-9106
　　　　　　E-mail：service@showwe.com.tw
經　銷　商／紅螞蟻圖書有限公司
　　　　　　台北市內湖區舊宗路二段121巷28、32號4樓
　　　　　　電話：02-2795-3656　傳真：02-2795-4100
　　　　　　http://www.e-redant.com

2010 年 1 月　BOD 一版
定價：240 元

讀 者 回 函 卡

感謝您購買本書，為提升服務品質，煩請填寫以下問卷，收到您的寶貴意見後，我們會仔細收藏記錄並回贈紀念品，謝謝！

1.您購買的書名：＿＿＿＿＿＿＿＿＿＿＿＿＿＿＿＿

2.您從何得知本書的消息？

　　□網路書店　□部落格　□資料庫搜尋　□書訊　□電子報　□書店

　　□平面媒體　□ 朋友推薦　□網站推薦　□其他＿＿＿＿＿

3.您對本書的評價：(請填代號　1.非常滿意 2.滿意 3.尚可 4.再改進)

　　封面設計＿＿　版面編排＿＿　內容＿＿　文/譯筆＿＿　價格＿＿

4.讀完書後您覺得：

　　□很有收獲　□有收獲　□收獲不多　□沒收獲

5.您會推薦本書給朋友嗎？

　　□會　□不會，為什麼？＿＿＿＿＿＿＿＿＿＿＿＿＿＿＿＿

6.其他寶貴的意見：＿＿＿＿＿＿＿＿＿＿＿＿＿＿＿＿＿

＿＿＿＿＿＿＿＿＿＿＿＿＿＿＿＿＿＿＿＿＿＿＿＿＿

＿＿＿＿＿＿＿＿＿＿＿＿＿＿＿＿＿＿＿＿＿＿＿＿＿

＿＿＿＿＿＿＿＿＿＿＿＿＿＿＿＿＿＿＿＿＿＿＿＿＿

讀者基本資料

姓名：＿＿＿＿＿＿＿＿＿　年齡：＿＿＿　性別：□女 □男

聯絡電話：＿＿＿＿＿＿＿　E-mail：＿＿＿＿＿＿＿＿

地址：＿＿＿＿＿＿＿＿＿＿＿＿＿＿＿＿＿＿＿＿＿

學歷：□高中(含)以下　□高中　□專科學校　□大學

　　　□研究所(含)以上 □其他＿＿＿＿＿＿＿

職業：□製造業 □金融業 □資訊業 □軍警 □傳播業 □自由業

　　　□服務業 □公務員 □教職　□學生 □其他＿＿＿＿＿